U0001972

電影版 角落小夥伴™

藍色月夜的魔法之子

紙上電影書

目次

—序幕—

5個魔法師

這裡是魔法世界。

在這個世界裡有魔法師。魔法師兄弟姊妹們手持魔杖、戴著綴有星星的魔法帽，聚在一起施展魔法。

首先，高個子魔法師揮舞魔杖施展了魔法，讓夜空降下很浪漫的流星雨。

戴眼鏡的魔法師翻動了魔法書，召喚出天鵝小艇，請大家登上天鵝小艇。

喜歡惡作劇的調皮魔法師則是揮動魔杖施展魔法，指揮天鵝小艇航向星河。

體型最大的大魔法師揮揮手中的魔杖，招喚出閃閃發亮的魚群，在星河中快樂的飛躍、悠游著。

魔法世界的夜空，在這群魔法師施展的魔法下，變得愈來愈美麗，愈來愈有趣了。

最小的小小魔法師在一旁看著，忍不住好想也施展什麼魔法，為這美麗的夜空添加色彩，他想著，不如在夜空綻放美麗的花火吧！

他立刻揮動魔杖。

星星魔杖前端，冒出一朵小花火，咻——可惜，它閃了一下就墜落。

魔法失敗了。

小小魔法師對於施展魔法，似乎還不太熟練啊。

同一時間，在角落世界裡，角落小夥伴們靠在一起，在被窩裡睡得正香甜。

——這是關於在

世界上某處角落，默默生活著的

「角落小夥伴」的故事。——

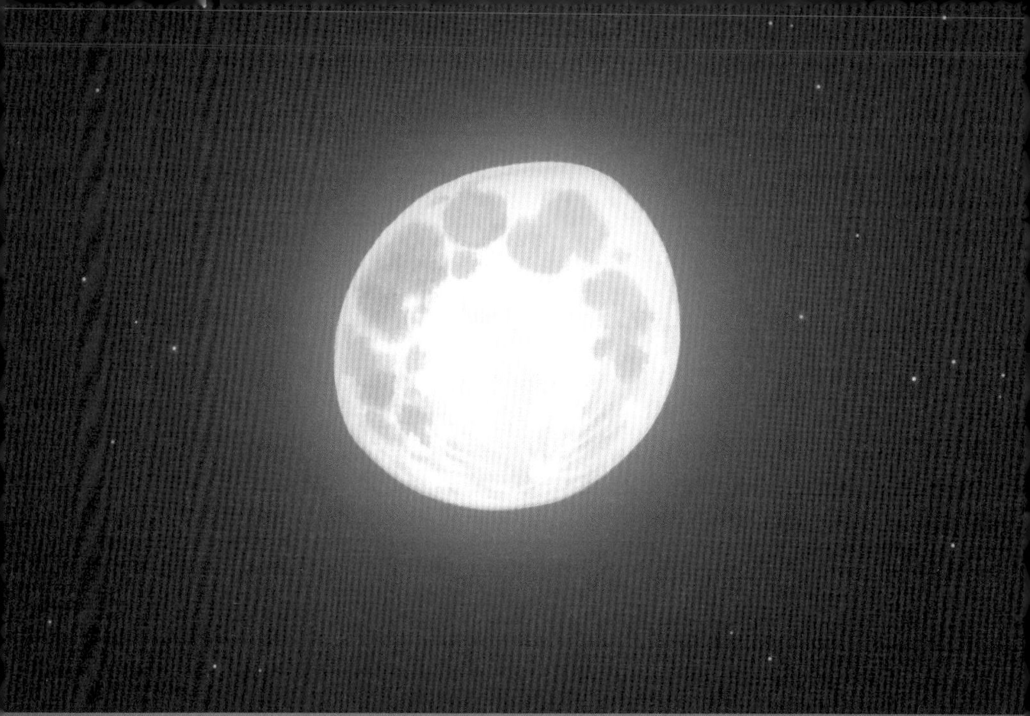

即將滿月的夜空中，月亮格外的明亮，似乎在預告著這一夜，有什麼神奇的事，即將要發生。

角落的日常

秋天到了。
角落小夥伴們居住的森林裡，樹木全都染上了秋天的顏色，大家也開始感受到秋天的涼意。

非常怕冷的**白熊**，為了尋找溫暖的地方，和**裹布**一起從北方來到了角落。

白熊雖然知道很多利用裹布保暖的方法……但，衣服好像也到了該換季的時候了。

換上保暖的衣服，終於覺得比較暖和了。

在這之前，**炸豬排**與**炸蝦尾**完成他們的換季裝扮，穿上新麵衣了。

炸豬排是炸豬排的邊邊，1%瘦肉，99%油脂，因為太油而被吃剩下來。

炸蝦尾則是因為太硬，被吃剩下來。

同為吃剩雙人組，是心靈相通的好朋友，偶爾會相約一起泡個油鍋澡，回炸一下，保持麵衣酥脆。

害羞又溫柔的**貓**，總記得幫好朋友**雜草**澆水。

一到秋天，會換季掉毛，為此貓常感到非常不好意思。

這個時候，**粉圓**就會拿著毛絮黏把，在貓全身滾上一遍，把汰換後的多餘毛絮，全部清除乾淨。

至於粉圓們，則是喝珍奶時，奶茶被喝光，珍珠不好吸，被喝剩下來。

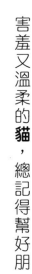

喜歡閱讀的**企鵝？**總是一邊讀書，一邊透過閱讀尋找自己。

印象中，好像很久以前曾在河流中漂流……

對於自己是不是真的企鵝，完全沒有自信。

蜥蜴正在享受藝術之秋，他專注的畫著母親的畫像。

其實，蜥蜴是倖存的恐龍，他的母親，正是偶爾現身在角落湖，被世人誤認為「**水怪**」的恐龍。

蜥蜴一直害怕著，一旦他真實身分被曝光，就會被抓，所以一直對大家隱瞞身世，假扮成蜥蜴生活著。只有**偽蝸牛**知道蜥蜴的祕密。

而偽蝸牛其實是蛞蝓，因為太嚮往蝸牛，背起殼偽裝自己是蝸牛。

蜥蜴和偽蝸牛同樣都擁有祕密，隱藏了身分、偽裝自己，因此成為好朋友。

說到秋天的影響，不得不

提最重要的食欲之秋！
角落小夥伴們圍坐在擺了滿滿一桌的美食前，歡樂的享受美食。
不過吃得太多，還是不太好喔。
當貓又把手放到貓罐上時……總是關注著角落小夥伴的謎樣**夾子**把貓抓走了，不讓他再貪吃下去！

藍色月夜的魔法傳說

今天，角落小夥伴們一起來到大家很喜愛的「角落咖啡廳」。

咖啡豆老闆和打工的**幽靈**正專注的看著什麼，完全沒注意到已經進門的角落小夥伴們。

此時，**飛塵**飛起來，飛到貓的鼻子上，貓鼻子癢癢，忍不住打了個大噴嚏！

哈啾！

大大的噴嚏聲，終於引起店家注意。

原來之前吸引店家全部注意力的是「角

落超市改裝新開幕OPEN!!大特價」的廣告宣傳單。

角落小夥伴對重新改裝的角落超市也都很感興趣。

這時企鵝？靈機一動，想到大家可以去湖邊露營，這樣就有好理由可以先前往超市大肆的採購一番了！

大夥兒覺得這個點子棒極了，異口同聲回應說：「好喔！」

企鵝？還喃喃自言自語：「還會再見到吧……」

他想起了之前他們在湖邊玩時曾遇見的水怪。

角落小夥伴很喜歡結伴到

角落湖玩，但只有那麼一次，他們曾經近距離與水怪相遇。

那一次是他們和往常一樣一起相約去角落湖玩。

當時，角落小夥伴正在湖邊玩耍，沒想到有一隻大大的水怪緩緩靠近他們。

水怪是為了尋找蜥蜴，才會遠渡重洋，從大海來到角落湖。

後來水怪加入角落小夥伴們的玩耍，陪大家一起玩，是隻非常非常

親切溫柔的水怪，角落小夥伴們最愛順著他長長的脖子滑下來玩溜滑梯，他們在湖邊度過快樂的一天。

但其實，當時蜥蜴不敢跟大家說，水怪是他的母親……

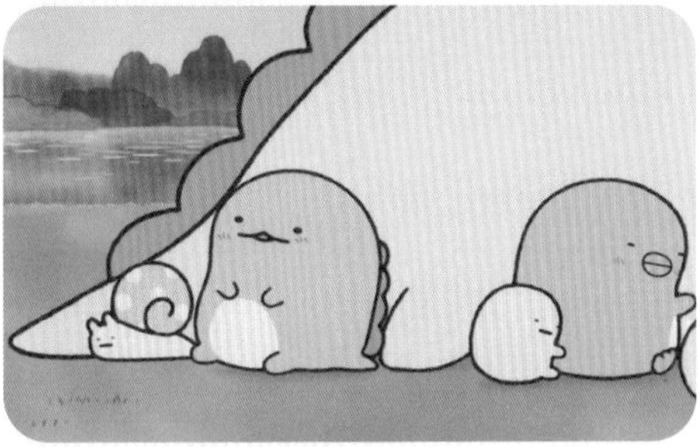

決定要去露營的角落小夥伴們，一起出發前往角落超市。

途中他們經過了商店街。

有人在麵包屋眼睛發亮盯著美味麵包；有人在洗衣店留連忘返；有人在花店想像起自己夢想中的模樣；駄菓子屋還發現飛塵和正在吃點心的粉圓……

光是在街上走走逛逛，就十分有趣，角落小夥伴們一路走走停停，覺得處處都是新奇和樂趣。

接著，大家穿過大大的公園，終於來到角落超市。

一進店裡，不知道企鵝？發現了什麼，只見他飛也似的在超市裡全力衝刺。

原來，企鵝？的目標是蔬菜區。為了開幕誌慶大特價的超便宜小黃瓜，企鵝？發揮驚人的速度，飛刀快手搶下兩大箱！

炸豬排與炸蝦尾到調味料區，琳瑯滿目的醬汁讓兩人超幸福。

炸竹筴魚尾巴和**炸物們**也來了。

炸物小夥伴在這裡開心聊天，熱情交流彼此如何使用醬

料讓自己變好吃的祕方。蜥蜴和貓則是二話不說直攻鮮魚專區。

今天開幕大特賣，現場大混亂，搶成一團，貓和蜥蜴鑽進人群，努力伸長了手，想近一點再近一點到貨架前，無奈大家擠來擠去，貓和蜥蜴只能眼睜睜看著一盒又一盒先搶先贏的特價魚，愈來愈少，愈來愈少。貓甚至還被擠出鮮魚專區。

貓懊惱的看著什麼都不剩的空架，只能扼腕的抓起了貨架。

幸好，蜥蜴不負眾望，順利搶到最後一盒鮮魚！

走到了肉品專區，白熊伸手拿了一包熱狗。他似乎想在露營烤肉時，幫大家準備熱狗章魚，光用想的就覺得應該會很好吃。忘了說，其實白熊非常擅長料理。

角落小夥伴們各自挑好了

喜歡的商品，前往收銀台集合。

管錢的貓有點擔心身上的錢帶得不夠，看著大家採買的戰利品，算了一算，好像沒問題，應該夠把大家想買的全部買下。

採買任務順利達成，帶著露營的裝備和食物，大夥兒出發！

好興奮啊，久違的角落湖露營活動，真讓人期待。

角落小夥伴們就要一起開心的聚會囉!!

角落小夥伴們搭乘著電車，抵達了角落湖。

角落湖因水怪出沒而聞名。

來到這裡的觀光客人手一台相機，期待水怪現身時，能即刻捕捉到那難得的一刻。

水怪真是人氣強強滾。周邊到處都可以見到水怪相關的各種設施和商品：扮演水怪的鏤洞拍照背板，水怪造形的踏板船，還有水怪餅乾、手拿扇……等等，每

一樣都做成了水怪的造形。
但是，萬一水怪真的出現了，
一定會天下大亂吧。
想到這裡，蜥蜴心裡七上八下，
非常忐忑不安。

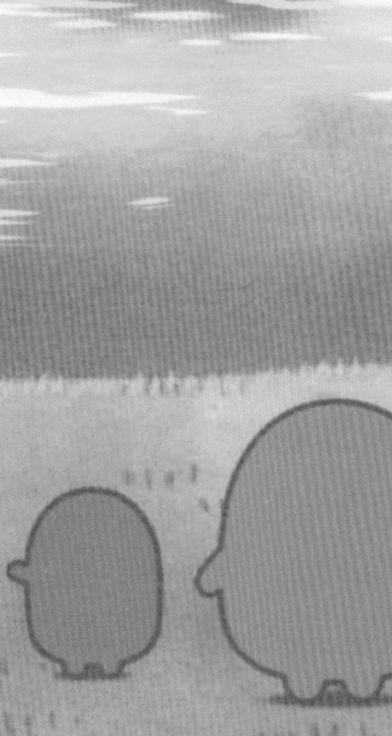

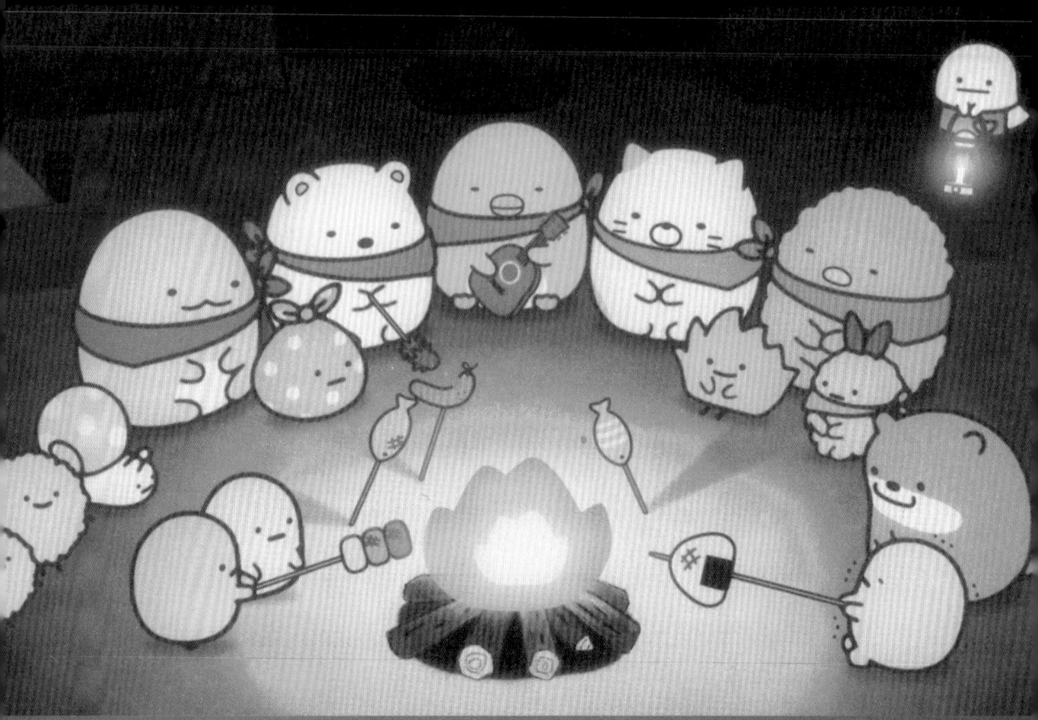

一到營區，大家立刻埋頭忙碌，忙著各式各樣露營準備工作，不知不覺天色暗了。

中途加入、一起幫忙準備露營的**水獺**，當然獲邀參加角落的營火烤肉大會。

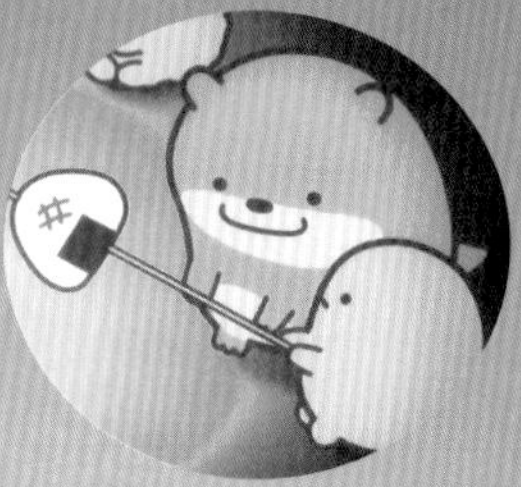

大夥兒全都圍著營火。

營火暖呼呼的，飛塵輕飄飄的飛上天，大家跟著抬頭望著天空。

這時，彈著烏克麗麗的企鵝？好

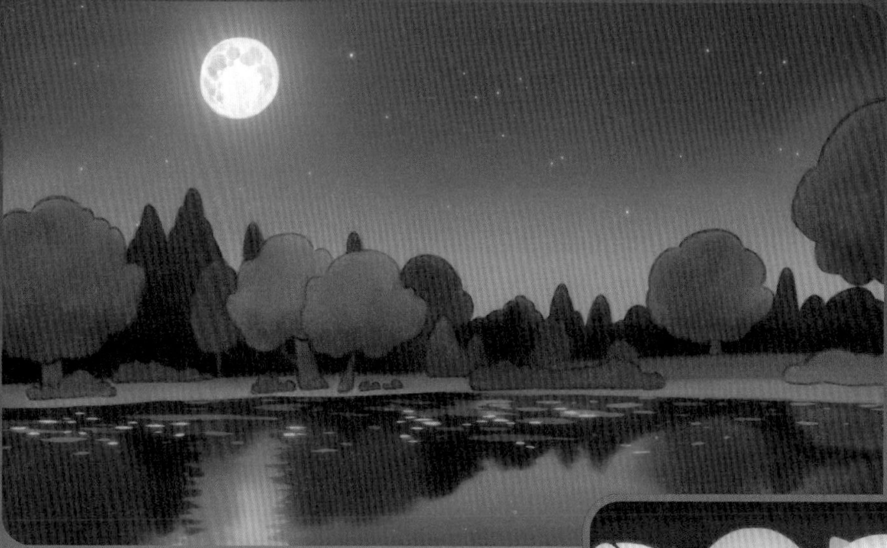

像發現了什麼，伸長了手比著。

那是一輪沒有尖角，看起來比平常大很多、圓圓的藍色月亮。

企鵝？找出《世界七大傳說》，翻到他曾看到，記載了魔法傳說那一頁……

每五年才出現一次的藍色大滿月。魔法師會出現，幫你實現願望。

角落小夥伴們第一次聽到這個傳說，感到驚訝之餘，也

不禁想起自己的夢想……

炸豬排與炸蝦尾共同的夢想是——被吃掉。

一起搭配成熱呼呼的炸物組合，希望能就這樣被咔滋咔滋的吃下肚。

白熊的夢想是，一整年都能待在溫暖的地方。能天天都是好天氣，沐浴在暖和的陽光下，不知道有多快活。

企鵝?的夢想是，有一天能找到真正的自己。

等待著有一天，終於能在大大鏡子裡清楚看見真實的自己。

貓的夢想是擁有理想的

身材。

他的理想身材是，有著苗條的體形和一條長長的尾巴。

雜草的夢想是有朝一日被做成花束。他會因此心情好好。

接著是蜥蜴的夢想——想和母親永遠在一起。

想要和母親一起玩，就算偶有挫折，只要媽媽在身邊就沒關係。

但是，美夢要成真，並不是件容易的事。

所以只要一想到，如果魔法師真的存在，能施展魔法幫大家實現夢想……就不禁滿懷期待。

在角落湖快樂露營的角落小夥伴們，就這樣背靠著背，懷抱著夢想可能會實現的美夢沉沉的睡去了。

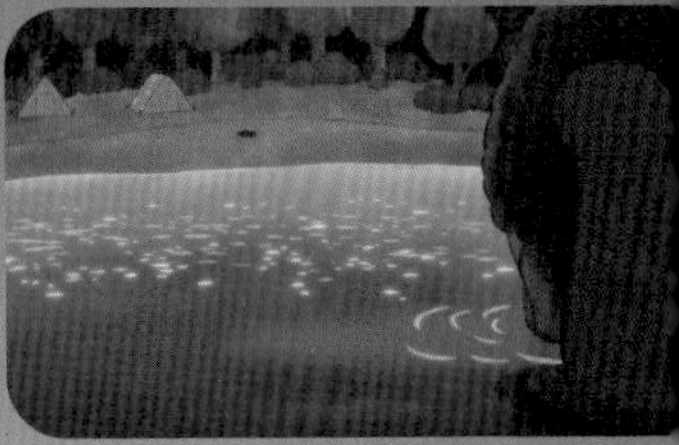

同一時間，有一個大大的身影躲在湖邊角落的大石頭後方，一直盯著角落小夥伴們，看了整晚。

仔細一看……那不正是蜥蜴的母親嗎！

看著角落小夥伴們進入夢鄉後，水怪慢慢移動，身體靜靜的沒入湖中，穿過湖底洞穴回到大海。

隔天早上。

一邊欣賞著湖邊風景一邊吃早餐的角落小夥伴，發現返家的列車時刻快到了，急急忙忙吃飽收拾，快速向車站移動。

蜥蜴卻突然停下了腳步，有點寂寞似的望向湖面。

角落湖充滿了和母親的回憶，他好想再多待一會兒。

不過，總有一天會再相見的。

蜥蜴這麼想著，一邊回想過去和母親在一起的時光，一邊想像未來再相會的那個畫面，想著想著臉不

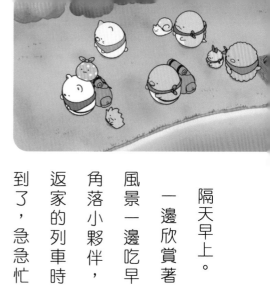

禁熱了起來，害羞的期盼著。

從角落湖回到家的角落小夥伴們，下午一起造訪角落咖啡廳。

他們把從角落湖帶回來的伴手禮——水怪餅乾，送給咖啡豆老闆，幽靈也端出了他們點的舒芙蕾鬆餅。

那舒芙蕾鬆餅看起來，真是好吃極了！暖暖的，圓圓的……，暖暖的，圓圓的、圓圓的……。

角落小夥伴們看著圓圓的鬆餅，想起了露營時聽到的《藍色月夜的魔法傳說》。

今晚，將要迎接五年一次的藍色大滿月。

是魔法師們即將現身，為大家實現夢想的時刻。

然而，那應該只是個傳說……

同一時間——

魔法世界裡，坐在大飛船的5位魔法師，興高采烈的望著天空。

眼前的超級藍色大月亮，正閃耀著迷魅的光芒。

忽然，藍色月亮發出強力的光，照到大船的船桅，船索鬆開，張起了巨大又絢麗的風帆。

「出發！」一位魔法師揮手指向前說。

其他人也紛紛做出同樣出發手勢，齊聲附和，興奮的喊：

「出發！」

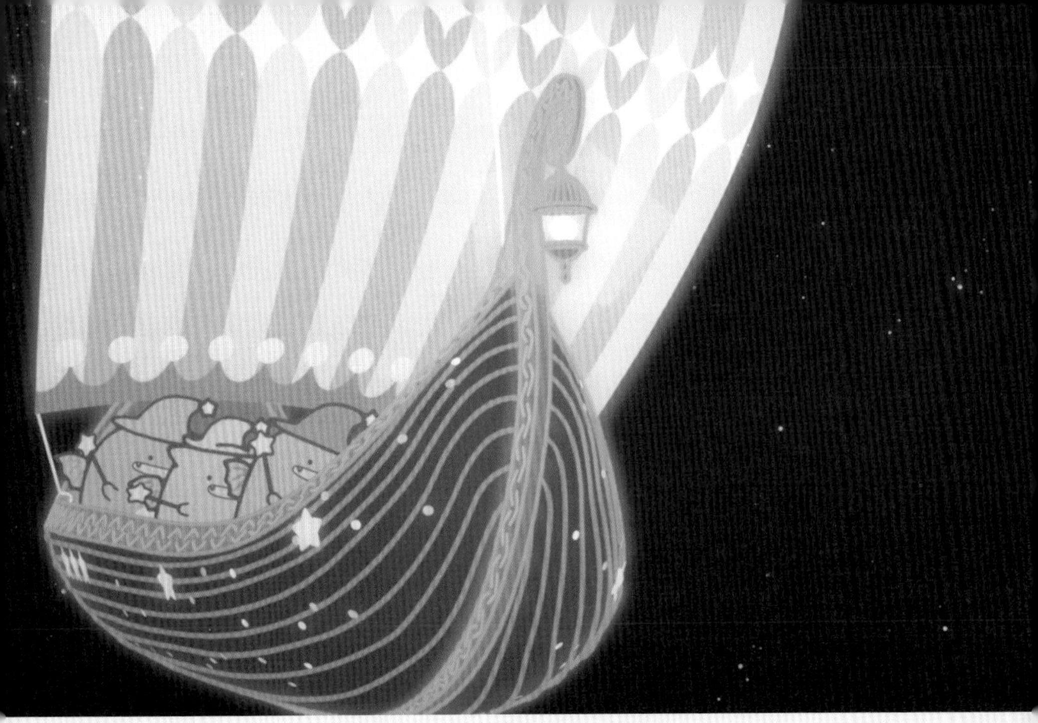

出發的時刻到了，啟航！

魔法師們搭乘發光的大飛船，航向藍色的夜空，緩緩往另一個世界出發。

在角落世界裡，角落小夥伴們群聚在小山丘上，他們興致高昂的來確認書上記載的是不是真的。

夜愈來愈深，傳說中的魔法師依然不見蹤影。

傳說果然只是傳說而已。

隨著夜色愈來愈深，氣溫也愈來愈低。

看著怕冷的白熊冷得全身打哆嗦、發抖的模樣，企鵝？忍不住開口說：「我們回家吧……」

踏上回家的路，角落小夥伴內心覺得有點遺憾，他們實在太想見到魔法師，禁不

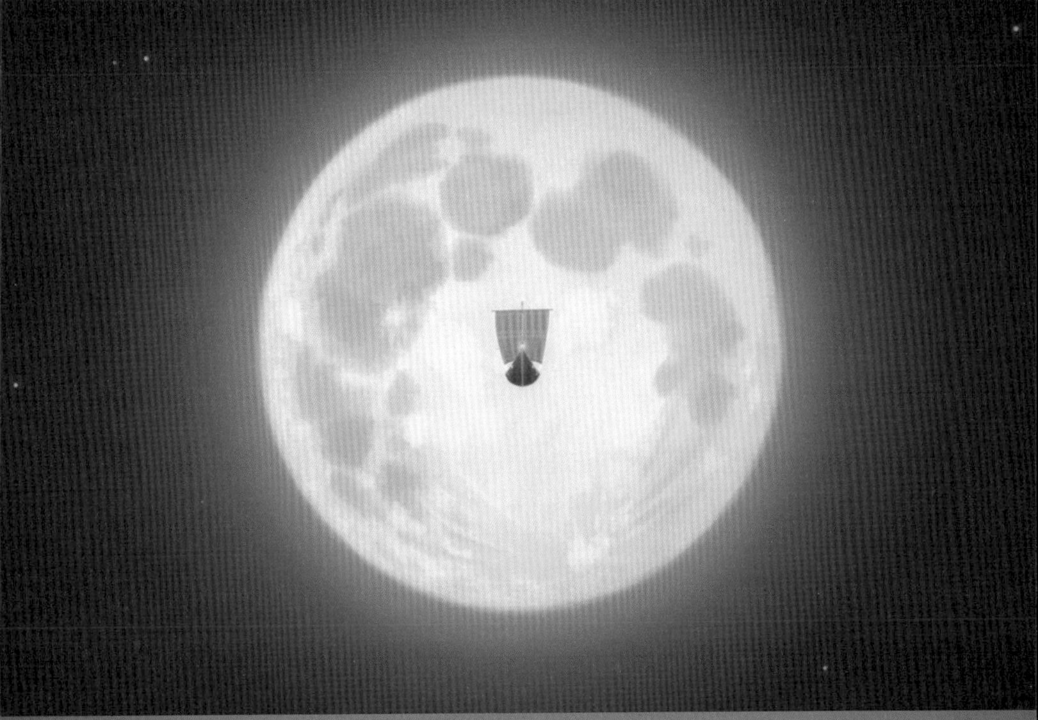

住慢下腳步來。說什麼都不想放棄的蜥蜴，再次抬頭望向天空。

咦，藍色的大滿月中，好像出現了什麼？

是一艘發著光的大飛船！

蜥蜴嚇了一跳，趕緊叫住大家。

這時天空出現奇幻的景致——在

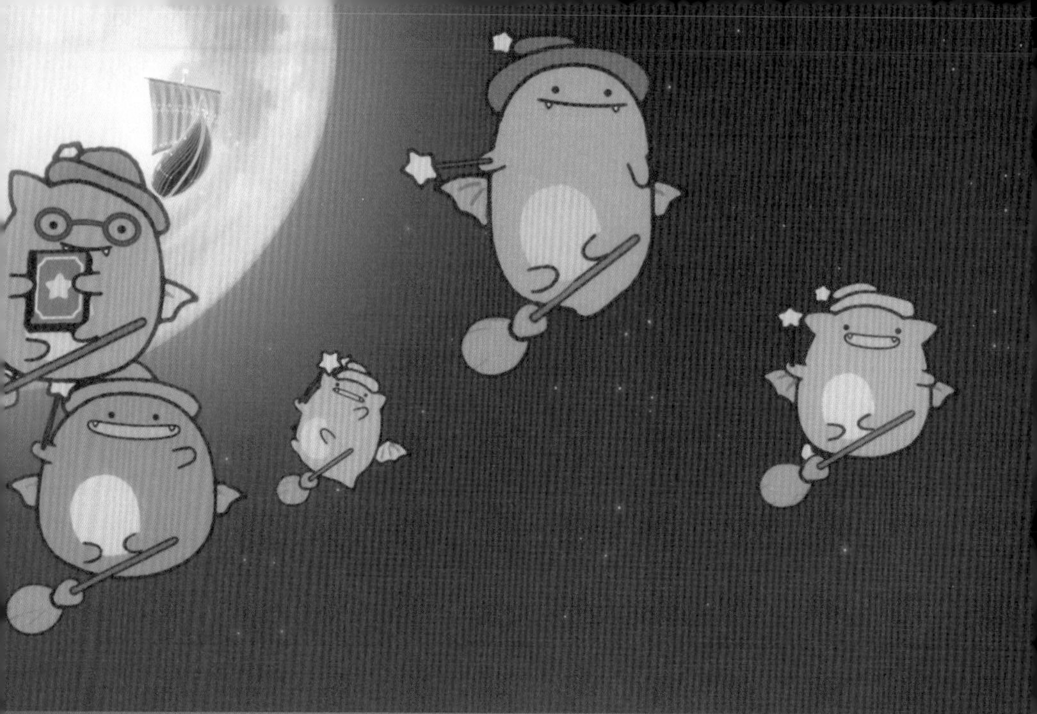

明亮的藍月照耀下的夜空，5個魔法師現身了。

魔法師們騎著飛帚，從發光船中飛了出來。

其中一位魔法師飛得搖搖晃晃，那是最小的魔法師。

這是他第一次來到角落小夥伴的世界，不論看到什麼，都讓他很興奮，連連發出：「哇……哇哇……」的讚嘆聲。

而在地面上的角落小夥伴們看到

魔法師們，正興奮的一路追趕著。

魔法師們飛抵達大掛鐘公園，紛紛開始施展神奇魔法。

最大的魔法師**一**揮揮魔杖，沙坑堆起了一座沙雕城堡。

戴著眼鏡的魔法師**二**，翻開魔法書，鳥型的交通工具動了起來，一和二連忙跳上搭乘，在四處飛舞。

愛搗蛋的魔法師**三**向銅像揮動魔杖施魔法，銅像竟然立刻就「活」起來，從銅像座走下來，在公園緩緩行走著。

會移動的巨大銅像嚇壞了角落小夥伴們，他們慌慌張張逃往公園的角落！

魔法師三的惡作劇大成功！

愛吃的魔法師**四**揮動魔杖，隨風

飛舞的落葉突然就變成了餅乾。魔法師們張大嘴巴，一口接一口，接住從天而降的餅乾，吃了起來。

只有最小的小小魔法師**五**施展的魔法頻頻失敗。

連吃餅乾也不像哥哥們順利，餅乾沒接好，從他嘴巴滑落，掉到地上。

沒想到這一片漏接的餅乾，被蜥蜴精準的接住了。

發現到蜥蜴的神捕舉動，小小魔法師五急忙飛到蜥蜴的身邊。

蜥蜴把餅乾送還給小小魔法師五，收下餅乾的小小魔法師五靦腆的鞠躬道謝。蜥蜴也回以友善的笑容（太好了）。

天空中，其他魔法師們正要往別處飛去，小小魔法師五抬頭發現，急忙騎上飛帚，飛向天空和他們會合！

接下來，魔法師們要去

哪兒呢？

角落小夥伴們又急急忙忙的追了上去。

魔法師們來到了商店街。魔法師一、二、三、四施展魔法，為商店街的看板、招牌裝點上美麗的霓虹燈，閃閃發光。

亮晶晶 亮晶晶

商店街閃耀著與平日不同的炫目光芒，絢爛美麗得彷彿一座遊樂園。一路追著魔法師們而來的角落小夥伴們，看得驚嘆不已！

魔法師們接著又再次出發，往森林方向飛去。緊追著在天上的魔法師們，角落小夥伴跟著穿越森林。

深夜裡的森林，和白天完全不一樣，黑暗得令人害怕，大家都怕得心慌慌，非常緊張。

突然，地面上冒出了一團黑黑圓圓的身影！

角落小夥伴們嚇了好大一跳，怯懦懦的打量，定睛一看，發現是**鼴鼠**。

鼴鼠問角落小夥伴們怎麼會在夜裡到森林裡頭？

角落小夥伴說他們是一路跟著魔法師過來的，他們正在尋找魔法師們的蹤影。

鼴鼠說他知道魔法師在什麼地方，他可以帶他們去。

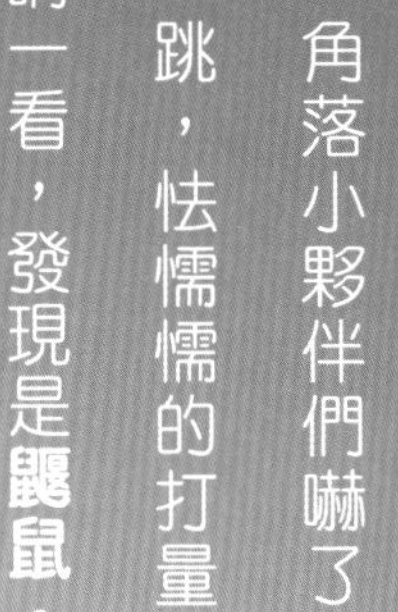

魔法師們正在森林深處的大廣場舉辦森林魔法派對。

樹上掛滿燈飾，閃耀著繽紛多彩的光芒，桌上擺滿美味的餐點。

魔法師們施展魔法，把橡果變成樂隊演奏音樂，魔法師們隨著音律在空中舞動。雖然不是每一個人都擅長跳舞，但大家都跳得很開心。

角落小夥伴們第一次看到這麼神奇的空中之舞，不禁

也隨之沉醉。

跳著舞的小小魔法師五突然發現在地面上的角落小夥伴，他告訴兄長們，是角落小夥伴們，幫他撿起餅乾。

魔法師們聽到小小魔法師五這麼說，為了感謝角落小夥伴的幫忙，決定要邀請他們來一起參加森林派對，魔法師們向角落小夥伴們招手（來吧！來吧！）。

第一次親眼見到魔法師的角落小夥伴，開心、興奮得心跳加速，卻又無敵緊張，想動都動不了。

魔法師們再次招招手（來吧），角落小夥伴們卻因為太過緊張反而退後一步。

魔法師一、二、三、四，一起朝著角落小夥伴施展了魔法！

從魔法杖發出光芒，直直的落在角落小夥伴們身上，不可思議的魔法包圍著他們。

接著，神奇的事發生了！

角落小夥伴們全都戴上魔法帽和斗篷，大家都變裝成魔法師！

就這樣，魔法師們和裝扮成魔法師的角落小夥伴，一起展開魔法森林派對。

第一次參加魔法師的派對，角落小夥伴們超級興奮和緊張。

原本他們只是為了想實現夢想，而一路跟著魔法師，沒想到來到這裡，卻意外的變裝成了魔法師，還

參與了這場魔幻的派對，如此奇妙的初體驗，讓大家緊張到不知如何

是好。

就這樣懷抱著有點尷尬又超級期待和興奮的忐忑心情，角落小夥伴首度參與的森林魔法派對，正式拉開序幕了。

魔法師再一次揮動魔杖，這次變出了一張大圓桌與五把椅子。

椅子飛到了角落小夥伴的腳邊，等大家坐定後，椅子載著角落小夥伴們飛上天空，把他們送到飄在空中的桌邊，開始招待他們。

此時，一直看著其他人施展魔法的小小魔法師五，也舉起魔杖；為了讓角落小夥伴更享受派對，他也想盡點力回報他們。

小小魔法師五揮動魔杖，想要變出茶杯。結果變出的竟然是水桶，把角落小夥伴嚇了一跳！

沒變好的小小魔法師五好失落，

魔法師哥哥二趕快代替他變出茶杯和茶壺。

小小魔法師五不氣餒，這次他邊想像著甜甜圈，邊努力使勁揮動了魔杖。

這次進步了，出現了圓圈形的。

但，變出的卻是輪胎。輪胎不能吃啊！

愛吃的魔法師四，貼心的幫忙變出了美味的蛋糕。

懷著歉意，小小魔法師五用盡氣力，這次揮動魔杖打算變出叉子。

但是，他的魔法又出了差錯，變出的是一隻耙子。

這是掃落葉用的竹耙，沒辦法用來吃蛋糕。

另一個魔法師哥哥三代替他，施展魔法切蛋糕，配上叉子，分送給角落小夥伴。

最後，派對來到了最高潮的時刻！大魔法師

一揮動魔杖，甜點就像下雨般，從天而降。

一開始還很緊張的角落小夥伴們，被滿滿的美味甜點與蛋糕包圍，歡喜的沉醉在派對氣氛中。

魔法師一、二、三、四盡心照待貴客。

施展魔法把桌上的茶杯變大，邀請角落小夥伴坐上去，就像坐遊樂園的咖啡杯一樣，在空中飛舞著。

夜空中，他們又施展魔法，施放煙火，一朵接一朵的綻放，角落小夥伴們坐上貴賓席看煙火，對眼前一幕幕的神奇景色，驚嘆不已。

接連施展了幾次魔法都失敗的小小魔法師五，十分沮喪與失落。

他獨自離開了派對會場，一個人垂頭喪氣的坐在角落邊邊的樹上，遠遠看著大魔法師哥哥們熟練的盡情施展魔法。

忍不住讚嘆著哥哥們變出的魔法

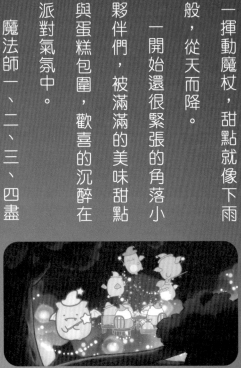

和美麗的煙火。

反觀自己，卻始終沒辦法好好施展魔法，小小魔法師五覺得自己的

魔法真是太悲慘了呀。

角落小夥伴還和魔法師們在夜空中打起空中羽毛球。品嚐著魔法變出的各式美食，大家都開心沉浸在這個歡樂的森林魔法派對之中。

沒有人特別注意躲在角落樹上的小小魔法師五。

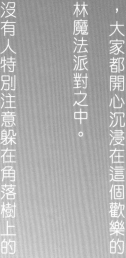

非常可惜快樂的時光總是過得特別快。

天要亮了，藍色大滿月就快要消失了。

魔法師們必須在天亮之前搭上飛船，才能及時回到魔法世界。

魔法師們跟角落小夥伴玩得太開心，差點超過時間點。該準備回家了，急急忙忙一個一個唱名確認。（一、二、三、四……五？）

確認了是5個人，魔法師們匆匆騎上飛帚，飛向飛船。

此時誰也沒發現，匆忙間被認為是小小魔法師五，而被魔法師四抓上飛帚的，赫然是粉圓（藍色）！

繽紛熱鬧的魔法派對，魔法隨著魔

法師離開而消失，又回復成原來的寂靜森林。

角落小夥伴們搭坐的大茶杯一碰到地面，就消失得無影無蹤，連帶著魔法師的服裝也全都消失了。

角落小夥伴察覺了不對勁而跑向一旁角落的樹。

咦，魔法師小小魔法師五還在！他在樹上打盹。

角落小夥伴們擔心，小小魔法師五會不會就此回不去魔法世界了呢？

角落小夥們用盡氣力，大聲的叫喊著他。

被叫醒的小小魔法師五立刻發現魔法師哥哥們要走了，趕緊起身騎上飛帚追趕哥哥們。

但是還是晚了一步，魔法師哥哥們已經搭著飛船向月亮飛去。

小小魔法師五不放棄，騎著飛帚努力追趕，可

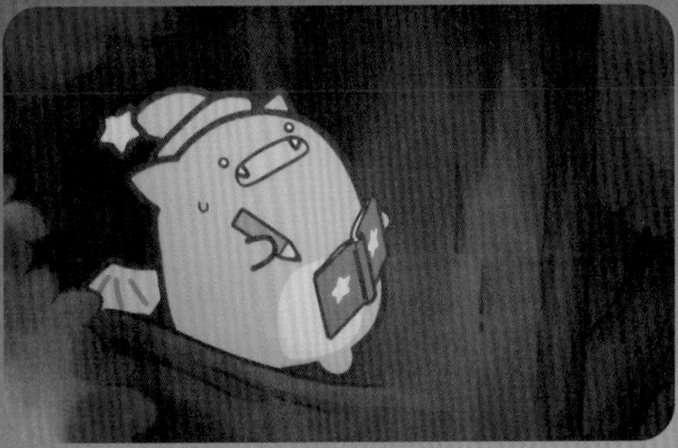

是飛帚的速度怎麼也追不上愈飛愈快的飛船。

只能目送著飛船愈飛愈遠，終於消失在天空那一方。

看到這一幕的小小魔法師五非常無力的垂下頭……

突然間，大受打擊的小小魔法師五騎乘的飛帚，啪的一聲消失了！小小魔法師五以非常快

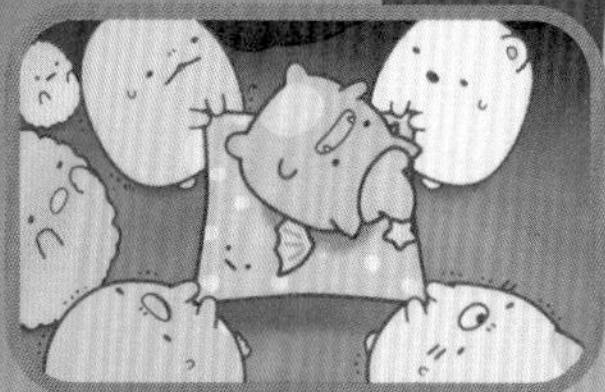

的速度朝地面直落！

看見小小魔法師五失速掉落，角落小夥伴們慌慌張張的拉開裹布，準備好要接住小小魔法師五。

幸好成功接到，沒有讓小小魔法師五摔傷，但是和魔法師兄長們分離，實在太傷心了，小小魔法師五難過得眼淚啪啪的直掉，無法

停止。

蜥蜴看著如此傷心的小小魔法師五，想起了自己在湖邊含淚送別母親的情景。

好想好想和母親永遠在一起……寂寞又傷心，這時的小小魔法師五應該跟他那時有著一樣的心情吧。

蜥蜴忍不住問：「要不要跟我們回家？」

小小魔法師五張大眼，眼冒星星的期待著，「可以嗎？」

蜥蜴對著淚眼婆娑的小小魔法師五微笑的點點頭。

就這樣，小小魔法師五跟著蜥蜴回家了。

森林中的一棵大樹，樹幹中間挖了一個大洞作為入口，門口掛著寫有「蜥蜴」的門牌。

這裡是蜥蜴的家。

蜥蜴邀請五進來，五禮貌的彎腰行個禮後跟著進門。

一進門是客廳，裡面有樸拙的圓形原木桌椅。蜥蜴請五坐下休息，並說：「等我一下。」然後下梯子進入地下洞穴。

那是蜥蜴的臥室。

蜥蜴急急忙忙收拾整理起有一點亂的房間。

首先，把掛在牆上大大的水怪照片，翻轉過來。

恐龍水怪是蜥蜴的媽媽，這個祕密不能被發現，要把房裡關於媽媽的相關物件，全都藏起來。

接下來，把散落各處的水怪周邊商品全部收進百寶箱，但是東西實在太多，箱子關不上，鎖不起來。

而且，這時五已經順著梯子下來了，他跟蜥蜴說，他真的好想睡覺，晚上的森林魔法派對讓他累壞了，

上下眼皮已經忍不住在打架。

蜥蜴見他累得眼睛都快睜不開，而且他自己也累了，那麼就什麼都不管的放著，先好好的睡一覺吧。

蜥蜴先讓五上床來，躺好，把樹葉被子蓋上安眠。

經歷過難忘的藍色月夜魔法派對，蜥蜴和五終於靜下來進入夢鄉，熟睡中蜥蜴翻過身，五也翻過來，緊緊靠在蜥蜴背上，靠著覺得好安心啊，他們沉沉的睡去。

意外與魔法師兄長分離，無法回到魔法世界的五，就這麼待下來，留在角落小夥伴的世界裡。

「夢想是什麼？」

隔天，五和蜥蜴兩人一起到了角落咖啡廳。五對咖啡豆老闆鞠躬打招呼後，朝著已經在店裡的角落小夥伴們那桌走去。

大家都已經是熟客，禮讓著五先點餐，但是五拿著菜單左看右看，遲遲下不了決定，不知道該點些什麼才好。

一旁的蜥蜴忍不住伸手指了指，告訴五，哈密瓜汽水

是角落咖啡廳的招牌飲料。

其他角落小夥伴也紛紛向五推薦起自己喜愛的餐點。

白熊推薦：「三明治。」

貓說了最愛：「蛋包飯。」

企鵝？也想著最喜歡的特製餐點說：「包著一根小黃瓜的小黃瓜熱狗。」

炸豬排則極力大推：「舒芙蕾鬆餅。」

聽大家說著說著，肚子更餓了起來，於是五把大家推薦的餐點全都點了一輪。

桌上擺了滿滿的美食！

五看得眼睛都發亮了，全部都太美味了！

吃飽飽之後，五和角落小夥伴們散步到公園，一起玩盪鞦韆，又一起去駄菓子店買點心，還一起去麵包教室上課……

他們每天都在一起，漸漸的，五和角落小夥伴們成為了好朋友，在角落小夥伴的世界裡快樂的生活著。

這天，五愉快走在回蜥蜴家的路上，但不知不覺，輕快的腳步不知為何突然停了下來。

五望著天空上的月亮，想起了魔法師哥哥們，覺得好孤單。

下一次的藍色大滿月，要等到5年後，在那之前，足足有5年這麼久，暫時見不到最愛的哥哥們了，頓時好孤單寂寞……

幸好有角落小夥伴們。想到大家的陪伴，五的心裡湧現一股暖流，

覺得一定沒問題，一定可以安然度過這段時光。

樹上的葉子開始飄落，冬天的腳步漸漸近了。

白熊、貓、企鵝？、炸豬排、炸蝦尾、雜草、粉圓都帶著伴手禮，到森林拜訪蜥蜴家。

走進森林，他們在路上遇見了**蜥蜴（真正的）**。

住在森林裡的蜥蜴（真正的）是真蜥蜴，和蜥蜴是好朋友。

「要不要和我們一起去找蜥蜴喝下午茶

呢？」白熊開口問。

一聽到下午茶，蜥蜴（真正的）十分興致勃勃，馬上點頭答應。

他開心的和角落小夥伴們一起走到蜥蜴家，一抵達，大家紛紛把手上的伴手禮獻給出來迎接的蜥蜴。

貓帶的是可愛的花、白熊帶了手作蘋果派、炸豬排與炸蝦尾則帶了一籃檸檬，禮物們如果互相搭配，用來做成檸檬花茶與蘋果派一起享用，一定很棒。

企鵝？送上裹著巧克力的巧克力小黃瓜，蜥蜴看著這個奇妙的食物有些困惑。

半路加入的蜥蜴（真正的）什麼都沒來得及準備……

他正不好意思的想說些什麼，蜥蜴已經笑著表示：「你能來，我就

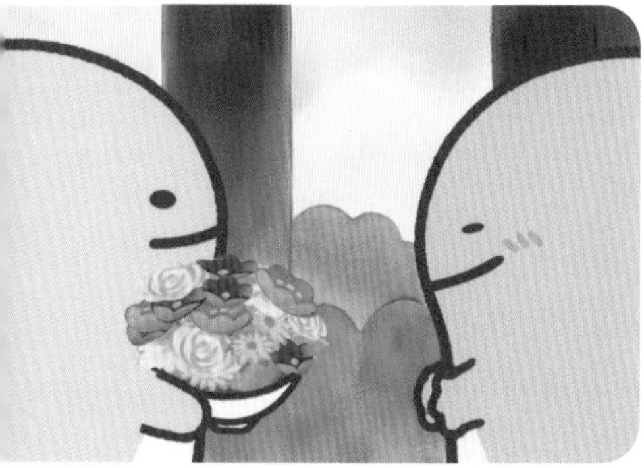

很開心了喔。」

下午茶時光正式開始。

蜥蜴（真正的）注意到有一個沒見過的朋友，開口問：「這孩子是誰？」

於是，企鵝？把有魔法師會現身幫忙實現夢想的「藍色月夜的魔法傳說」以及在藍色大滿月那天晚上大家遇見魔法師們，還有參加了神奇的森林魔法派對，與後來五跟大家一起生活的整個過程，全都說給蜥蜴（真正的）聽。

一旁的五卻是愈聽愈疑惑。

「夢想？」他滿臉問號的歪著頭問：「夢想是什麼？」

魔法師能施展魔法變出各種東西，這五知道，但他完全不瞭解夢想是什麼。

蜥蜴告訴他：「夢想就是一旦

實現，就會讓自己很高興的願望啊。」

貓接著以自己的夢想為例：「譬如說，想要擁有理想的身材……之類。」

一旁的白熊，幫忙在素描本上畫出貓心中苗條的理想模樣。

其他的角落小夥伴也一個接著一個，說起自己心中的

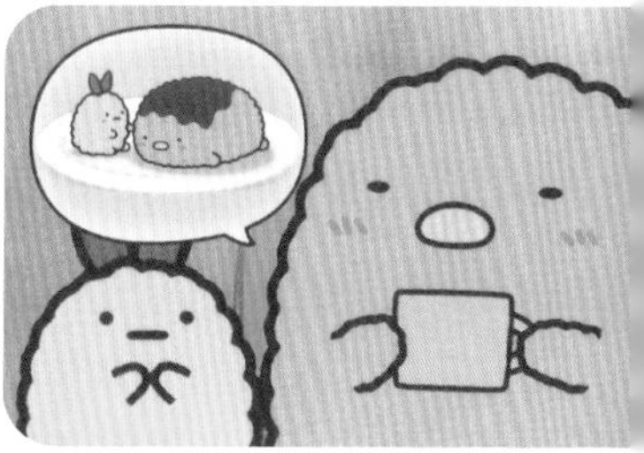

夢想。

白熊率先接著說出他的夢想：「想要一直都能感到很溫暖……」

炸豬排&炸蝦尾想起他們一直都嚮往著：「想要被吃掉……」

企鵝？也說了夢想：「想要知道自己到底是誰……」

蜥蜴也好想能夠和大家一樣，坦坦盪盪的說出自己心

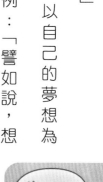

中的夢想……

但是自己的母親的真實身分——水怪是恐龍，是個祕密。

所以（想和母親一起生活）的夢想，實在怎麼樣也說不出口。

「喔！夢想啊～」即使聽完角落小夥伴們的夢想，五好像還是一知半解的樣子。

五不了解，夢想是多好的事，以及為什麼大家想要完成夢想呢？

但儘管如此，為了讓朋友們大家都開心，五抓起魔杖站了起來，以

一副「角落小夥伴們的夢想，就交給魔法來完成」的態勢，眼睛炯炯有神的看著大家。

來了來了，要變魔法了！

看著氣勢十足、充滿幹勁的五，大家一陣興奮！

但是，心中又不禁出現小問號：沒問題吧？

五的魔法好像不太靈光……

只見五全神貫注，揮動魔杖，耀眼的光芒籠罩著角落小夥伴們。

只有感覺不妙的企鵝？下意識躲

開那道光束。

魔法效果，究竟如何……？

貓變成身材壯碩的肌肉貓，模樣帥是很帥啦，但是和他的夢想好像不太一樣。

炸豬排與炸蝦尾的腳被兩條小蛇咬住，一副要吃掉他們的樣子，但是他們體型比小蛇大太多，要被吃掉，困難度實在很高。

白熊身上的毛，變成了一球球毛茸茸的毛球，與其說暖和，不如說非常熱。這也跟他的夢想不同。

看來五的魔法，這一次還是失敗了。

魔法一下就消失

了，轉瞬間，大家全部回復了原狀。

果然現在的能力，是沒辦法幫大家實現夢想的。

體認到自己的魔法功力不足，五十分沮喪。

看到五這麼消沉，角落小夥伴們連忙說這沒什麼，幫他打氣，鼓勵他再接再厲、努力練習就好，但是五還是振作不起來。

這時，貓抱著粉圓過來，「要不要按一下？」

貓傳授自己消除壓力的Q彈妙方給五。

炸豬排與炸蝦尾像啦啦隊那樣高舉雙手，幫五加油（沒事的！加油加油！）。

白熊試圖逗五開心，拿出筆，在企鵝？肚子上畫上自己的臉。

Q彈軟Q

企鵝？只要動動肚皮，肚子上的白熊臉就會像麻糬一樣，一下拉得長長的，一下縮得短短的，怪模怪樣動著。

企鵝？肚皮上的怪臉實在太好笑了，看著看著五不禁笑出來。看著五終於展露笑容，角落小夥伴們這才鬆了一口氣。

一旁的貓撿起掉在地上的圖紙，那是白熊畫的苗條身材的貓。

真的好想變成那樣啊～貓不免還是覺得有些遺憾。

看到貓一臉的失望、落寞，白熊一把捉過畫紙，把它揉成了圓圓的一球，丟進垃圾桶。

五看著他們舉動，不發一語。

（沒辦法達成夢想，原來會這麼難過啊……）關於夢想，五還不是真的明白那是什麼。

隨著下午茶時間結束，角落小夥伴要回到角落小屋去。五跟在蜥蜴身邊送客，心中暗自決定不要輕易放棄魔法。

大家對自己那麼好，他也好想回報角落小夥伴們，五想著要怎麼盡一點自己的一份心力，讓角落小夥伴開心。這個念頭愈來愈強烈。

《消失的魔法》

當天深夜。

確定蜥蜴已經熟睡之後，五躲進被窩裡，將魔法帽裡的魔法書拿出來研究。

讀著讀著，翻到把不要的東西變不見那頁《**消失的魔法**》。

讀完這個魔法，五靈光乍現，鑽出被窩，小心翼翼不吵醒蜥蜴，輕輕悄悄飛了出來。

他獨自到了森林深處，對著掉在地上的橡果，揮動魔杖。

但是，什麼都沒發生。

五對著別的橡果又再試一次，還是什麼都沒有變化。

五不放棄努力再試了一次，好好的集中精神，使盡全力（嗯～）揮動魔杖。

哇，橡果全部都消失了！

魔法終於成功了！

五滿意的露出笑容，信心十足的騎上飛帚，飛到角落小夥伴居住的角落小屋外頭。

他從窗外往內探看著角落小屋，看見了角落小夥伴們，同蓋著一床大棉被，睡得很沉。

他拿起魔杖。
（嗯～）集中精神，鎖定角落小夥伴們，使盡全力揮動魔杖。
魔杖前端發出魔法光芒，瞬間籠罩住角落小夥伴們！
只有滾出棉被的炸蝦尾沒被魔法的光芒籠罩到，還睡得一臉香甜。
白熊、貓、企鵝？、炸豬排，看

起來也睡得很沉，彷彿絲毫沒有受到魔法干擾。
魔法光芒一下子就迅速消失，快到讓五有些擔心，到底魔法成功了沒有呢？
但消失的橡果給了他信心。
五施了魔法後，靜靜的騎著飛帚回蜥蜴家去，然後，覺得自己對角落小夥伴做了件好事的他，不作聲，默默帶著滿足的微笑進入夢鄉。

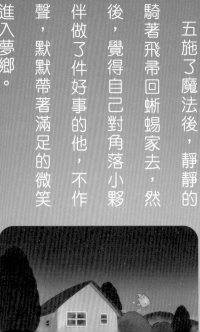

一如往常的夜晚，所有人都靜靜的作著美夢，沉沉的睡著。

平靜的就像每天的日常，好像什麼都沒改變，什麼都一樣。

只是，雖然還沒有人察覺，其實，有什麼重要的東西，已經消失了……

角落小屋中，正迎接著一個美好的早晨。

首先醒來的是企鵝？。

被陽光照耀著的他，露出極爽朗的笑容，企鵝？看起來完全就是自信滿滿。

白熊、貓、炸豬排，也陸續醒來了。

只有炸蝦尾還在睡。

沒多久，白

熊急急忙忙從倉庫裡拿出涼風扇，按下涼風扇開關，一邊對著涼風扇狂吹一邊喊著：「熱熱……熱……好熱～好熱！我好熱！」

明明都冷得發抖，怎麼會喊熱？還吹起涼風扇呢？

而一直陪著白熊的裹布，被他遺忘在一旁。

接著就看

到炸豬排走向廚房，站在水槽前把放廚餘的三角廚餘籃戴到了頭頂上，口中還一直不斷喃喃：「反正就是廚餘，反正就是廚餘……」

明明昨天還很積極，心心念念著想要被吃掉……

究竟發生了什麼事？

這時才驚醒過來的炸蝦尾，看著和以往判若兩人的角落小夥伴們，驚訝得完全說不出話來。

雜草也不可思議看著他的好夥伴，轉變了一百八十度——總是害羞得要命的貓，今天卻竟然看起來氣勢萬千。

得到消息的蜥蜴和五，匆匆趕到角落咖啡廳會合。

一進到店裡，就看到咖啡豆老闆和幽靈滿臉困擾的往座位區指了指。

企鵝？囂張的癱坐在沙發上，對面坐著戴了三角廚餘籃，顯得非常消極的炸豬排。

櫃台上，白熊搖搖晃晃一邊發抖一邊搖著扇子搧風。

另一個座位上，貓正狼吞虎嚥的吃著滿桌的食物。

很怪，真的很怪。

角落小夥伴們今天很不對勁，大家為什麼會這樣呢？

大吃一驚的蜥蜴連忙追問道：「你們怎

麼了？」

企鵝？以一副自信滿滿的神情，舉起手回答：「沒有怎麼了啊，這就是，真正的我！」

炸豬排嘆了一口氣耍廢：「反正我就是廚餘。」

看著一百八十度大轉變，自暴自棄的炸豬排，炸蝦尾不知道該怎麼辦才好。

炸蝦尾覺得非常非常的難過。

已凍得臉色發青的白熊，手上拿著扇子不停狂搧，口中不斷喊著：

「好熱～我好熱！好熱！」

一向擔心自己體型的貓，也一改常態，不再克制，正不停的狂吃。

這時，夾子突然出現。

夾子準備把貓夾走。

總是守護在角落小夥伴們身邊的夾子，只要貓吃太多，就會出現，幫忙把他夾離現場。

但是，被高高夾起的貓，卻「砰」的一聲跌回座位。

貓因為大吃變得太重了，夾子力量不足夾不起來！

對大家突如其來的大轉變，蜥蜴完全摸不著頭緒。

蜥蜴身邊的五，想起了昨晚自己施展的魔法。

魔杖發射出的光芒籠罩著角落小夥伴們後，立刻消失了，雖然看起好像沒發生什麼事……但是魔法已經真的施展成功了。

意識到可能是自己施展的魔法釀的禍，讓角落小夥伴們變成這樣，驚慌失措的五，慌慌張張跟蜥蜴說：

「消失了！」

蜥蜴不解：「什麼消失了？」

五支支吾吾的說：「大家的夢想……」說著說著掉下眼淚，解釋自己原本只想著讓大家開心，才使用《消失的魔法》。

他心想，雖然大家討論著夢想好像很開心的樣子，但是夢想何時會成真？會不會成真？不知道。

與其抱著這樣的不安度日，說不定沒有夢想會更好……

比起承受美夢無法成真的悲傷，不如讓夢想消失，或許可以過得更開心……

這是五的想法，所以他就對大家施展了消失的魔法。

卻萬萬沒有想到，因為魔法而消失的夢想，正是角落小夥伴們之所以是「角落小夥伴」的關鍵。

發現自己使用魔法將不可以消除的東西消除了，五覺得自己幫了倒忙、做錯了，他一邊哭一邊道歉：「對不起！我只是想回報大家，對不起，對不起！」

無法回到魔法世界的五，想要向親切接待自己的角落小夥伴致謝，想要幫助大家，所以才會費盡心力的施展魔法，真的完全沒有絲毫想要害大家的意思。

聽得冷汗直冒的蜥蜴，很無言，卻很能理解五的心情，只能輕拍安慰他，幽靈也飛了過來送上手帕給五擦淚。

大家都很理解、也諒解五，紛紛安慰他。

在一旁全程聽了整個過程的咖啡豆老闆，點出關鍵性問題。

他問五：「魔法可以回復嗎？」

用魔法可以改變大家，或許也可以用魔法再把大家變回來。

被咖啡豆老闆這麼一提醒，五不再難過，擦擦眼淚。

「我試試看。」

他揮揮魔杖。

但是，魔法光束沒有出現。

五再度集中精神，使盡全力（嗯～），魔法光束還是沒有出現，五不放棄再度嘗試（嗯～），嘗試再嘗試……

不管試了幾次，都沒成功。

不知是不是先前施展《消失的魔法》時，已經將魔法完完全全用盡了。

最重要、關鍵的時刻卻幫不上忙，讓五更加沮喪了。

一想到萬一大家永遠都變不回去……，一旁的蜥蜴愈來愈憂慮，愈來愈不安。

這時候，雜草靈光一閃，說：「不如大家一起重新回到原點吧！」

聽到這句話，原本焦慮的蜥蜴，連忙用力點點頭。

大家一起合作，一定可以做到！
蜥蜴、五、炸蝦尾、雜草、裹布及粉圓圍成一圈，大聲打氣，喊了一聲：「喝！」

「角落小夥伴尋回夢想大作戰」開始！

温暖真好～ 温暖最棒了～

在角落小屋中，蜥蜴、五、炸蝦尾、粉圓、雜草正隨著音樂，快樂的跳著舞。

他們首先想到的是用溫暖的陽光和熱茶喚醒原來的白熊。

已經冷到發抖的白熊，還在逞強喝著加了冰塊的果汁，粉圓們連忙遞上剛泡好，熱騰騰、冒著白煙的熱茶，取代他手上的冰飲，為他驅走一身的寒意。

他們又把窗簾全部拉開，讓陽光灑進室內，讓白熊全身被溫暖的太陽擁抱。

雜草很貼心，動作很快的將裹布拿來披在白熊身上。

裹布一直是白熊的好夥伴，白熊嬰兒時期起，就將裹布用來包裹、保暖。

為了找尋溫暖的地方，白熊逃離

寒冷的北方，往南尋找溫暖。

裹布對白熊不離不棄的一路相隨相伴，只要一覺得冷，白熊就會拿裹布作披肩，或裹在頭上保暖。

身體終於暖和了，白熊也想起過往和裹布一起共度的溫暖時光！

回歸原本狀態的白熊，滿懷感謝的抱緊裹布。

看到恢復正常的白熊，裹布也好開心。

平常總是裹布包裹著白熊，今天換成白熊環抱著裹布。

白熊重新想起了自己的夢想（好想生活在溫暖的地方……）。

接下來，輪到貓了。

貓還在一直不停不停的吃著喜愛的食物，體型因此漸漸變得愈來愈圓潤。

如同幫白熊找回夢想一樣，角落小夥伴們相信，一定也可以找到幫貓找回夢想的契機。

可是該怎麼辦呢？

要怎麼讓貓想起他的夢想呢？

大家拚命想著各種可能的辦法。

突然，白熊天外飛來一筆，在大畫布上畫了起來。

看到白熊畫畫，雜草與粉圓也察覺到他的意圖，於是合力搬來一面大鏡子，擺到貓的面前。

口中塞滿食物的貓，看著眼前的鏡子——鏡子裡映出一個圓滾滾、胖嘟嘟的貓。旁邊則放了白熊畫的貓，苗條又帥氣。

鏡中圓滾滾、胖嘟嘟的貓和旁邊畫布上苗條、帥氣的貓形成對比，貓反覆看著圓滾滾、胖嘟嘟和苗條又帥氣的身形，圓滾滾、胖嘟嘟和苗條又帥氣……

「這個…就是這個！」

沉醉在畫布上的理想體型，貓馬上就放下食物，想起了自己的夢想（我想擁有理想體型）。

貓立刻起身衝到戶外，開始勤奮

的跑步運動。

看著為了夢想重新發奮圖強的貓，大家總算都鬆了一口氣（呼）。

緊接著，輪到炸豬排了。

剩食好朋友炸蝦尾，幫炸豬排拿下頭上的三角廚餘架。

他讓炸豬排趴在餐桌上的白色盤子上。

白熊幫忙在盤子上放滿蔬菜，炸竹筴魚尾巴則準備好醬汁，炸物們幫忙拿來了黃芥末。

炸物好朋友們同心協力，完成變好吃大作戰！

淋上醬汁。

擠上黃芥末。

炸蝦尾想讓炸豬排想起來，以前他們常常聚在一起研究要怎麼做，才可以讓他們變得更美味，努力想要被人吃光光的種種過往。

但，好像起不了什麼作用，炸豬排什麼也沒想起來。

於是……

炸吧炸吧！炸吧炸吧！

炸物們拿著加油彩球，一上一下跳啦啦隊舞，幫炸豬排歡呼加油。

炸蝦尾最後還不忘美味加碼，抱著切片檸檬，躺在炸豬排的身邊！

懷抱著被吃掉的夢想，嘗試過研發各種美食料理，試過做成外帶包、串成炸串組合、做成丼飯……，為了想要達成夢想，目前為止做過的種種努力，炸豬排終於一一重拾記憶了！

炸豬排從盤子上站起來，牽起炸蝦尾的手，欣喜與感謝無法言表，他們開心的在盤子上跳了起來歡慶。

看到他們這麼開心，炸竹筴魚尾巴和炸物們也好替他們高興。

蜥蜴、五、雜草、粉圓也跟著一起加入慶賀行列。

但是，還有最後一個問題。

面對夢想曾經是找尋自我的企鵝？，要怎麼做才能幫助他想起這個夢想呢？

大家都想不出好方法。

當大家正一籌莫展時，自信滿滿的企鵝？拿出先前尋找自我的書本說：「把它丟了吧☆」

一錘定音。

為了追尋答案，曾經那麼珍惜的讀物，真的要這樣扔掉了嗎。

啪鏘——!!

此時……

廚房裡傳來聲響，好像有什麼東西破掉了。

大家跑過去一看，是盤子掉在地上破碎了。

原來是白熊一時手滑，不小心將

盤子摔破了。

看著破盤子的企鵝？腦中突然浮現了畫面——頭上的盤子破裂，這使得他如同被閃電雷擊般震驚。

轉瞬間，企鵝？內心開始產生了不安全感。

企鵝？一邊擦著汗，一邊緊抱著書本，跑到屋裡的角落猛讀。

「我是企鵝？」……雖然還沒找到答案，企鵝？卻終於找回自己重要的夢想了。

就這樣，一場夢想消失了的魔法危機解除了，反常的角落小夥伴恢復正常，找回各自的夢想，五也不必因為施展《消失的魔法》而心生內咎。

終於平安無事，回復成大家熟知的角落小夥伴，

真是讓人好安心。

「角落小夥伴尋回夢想大作戰」大成功後，蜥蜴與五走往森林的路上一起回家去了。

蜥蜴邊走邊說：「大家能夠恢復，真是太好了呢！」

五大力的點點頭。

在解除魔法的契機下，角落小夥伴們回到原點，重新回到初心找回夢想，再次為夢想努力。

夢想不會立刻實現，但是大家持續努力就會朝著夢想前進，期盼有朝一日夢想終能成真。

體悟到這一點的五，終於瞭解了夢想的重要性。

還有一件事……

五停下腳步，突然意識到——他好像從來沒有聽到蜥蜴提起過關於夢想的事。

五發現，自己竟然不知道最常陪著他的蜥蜴的夢想。

隱藏的祕密，
真實的心情

回到家後蜥蜴和五一起喝茶沉澱心情。累了一天，五想睡了。

和往常一樣順著梯子前往地下室，爬上床鋪時，五踩著墊腳的樹墩……但是不知道是不是他今天累壞了，竟然腳一滑，踢倒蜥蜴放在旁邊的百寶箱，害得百寶箱裡的東西，灑了一地！

照片、剪報、絨毛布偶……這些對蜥蜴來說，一定都是很重要的寶貝，才會特別收藏在百寶箱裡吧。

聽到聲響的蜥蜴，也急急忙忙衝下來看看發生了什麼事。

一下地下室，看到撒了滿地的水怪周邊商品，蜥蜴完全呆掉了，他不知道五有沒有發現他的祕密，心裡七上八下，怦怦跳個不停！

五也心驚膽跳，不知有自己沒有弄壞什麼，看到衝下來的蜥蜴急忙

解釋。

「不小心碰到……掉出來了，真的真的很對不起！」

原來呆楞著的蜥蜴回過神來，直搖手說：「沒關係！沒關係……」

五彎下腰幫忙收拾，這時他看到一張照片，揀起來看，發現是蜥蜴與水怪的合照，蜥蜴坐在水怪身上笑得好開心。

五問：「這是……？」

蜥蜴小小聲的說：「……水怪——」

「嗯？」

五不懂。

生活在魔法世界的五完全沒聽過水怪的傳說，於是，蜥蜴將偶爾出現在角落湖的水怪故事，說給五聽。

「真的是太棒了！」

五想知道更

多關於水怪的故事。

蜥蜴有些為難，但還是輕輕的點點頭，翻開剪報和五分享著水怪各種傳聞。

五心想蜥蜴一定很喜歡水怪，才會蒐集那麼多水怪的各種剪報、照片和周邊商品，也一直珍藏著和水怪的合照。

五突然靈光一閃，問：

「如果可以的話……你想要見見水怪嗎？」

蜥蜴一聽，慌張不已！他沒想到五一下就猜中他心中深藏的秘密：想見水怪的心思。

蜥蜴緊緊抱著珍藏的水怪絨毛娃娃，用隱忍又害羞的聲音說：「嗯，我非常想。我非常想要見到水怪。」終於說出口了，他的心情、他的想望。

蜥蜴殷殷的看著五，將他的真實心情完整傳達給五。

五確認了這是蜥蜴的夢想，也陷

入沉思。他自己也有想見的人，雖然現在見不到，但是一直深藏在心中，是非常重要的人。

想起了魔法師哥哥們，五不禁喃喃自語：「……我也一樣呢。」

蜥蜴點點頭，看著五的臉。

滿懷心事的兩人走到外面，一起抬頭仰望照耀著夜空的月亮。

（大家現在都還好嗎……）五好想魔法師哥哥們。

坐在身旁的蜥蜴，和五一樣，想念著家人，很能體會五思念的心情，兩人緊緊依偎著。

就在此時……！

月亮中出現揚著帆的發光飛船，會是他們想的那艘飛船嗎？

蜥蜴和五還在驚訝時，就見到魔

法師騎飛帚帶著粉圓（藍色），快速的朝著他們而來！

是哥哥們，五驚喜的看著熟悉的身影朝他飛來。

能和大家相見讓他欣喜若狂，五邊哭邊緊抱著一。

一告訴他，他們發現五不見後，拚了命的尋找可以不必等到5年一度的藍色大滿月，也能盡快再回來接五的方法。

費盡千辛萬苦，才收集到魔法鏡反射光線照在飛船上，讓船帆發動魔法發光啟航。

他們終於重新返回角落小夥伴的世界，來接五回去。

（來吧！我們回家去吧！）一牽起五的手。

好不容易再次啟動的飛船，船帆比滿月時小很多，如果船帆消失，大家都回不去魔法世界。

但五不想就這樣與蜥蜴分開，他

覺得蜥蜴為自己做了好多事，可是自己還沒為蜥蜴做點什麼。

五向魔法師哥哥們訴說在角落小夥伴世界中發生的種種，這段時間他們的陪伴和對自己的照顧。

體會五的心情，魔法師們對蜥蜴充滿了感謝。

大魔法師一跟蜥蜴說：「真的是太感謝你了。請讓我們為你做點什麼吧！」

蜥蜴連忙搖手說：「不用不用……」

魔法師們堅持：「不行不行，一定要。」

蜥蜴也堅持：「不用不用不用不用。」

魔法師們繼續說：「不行不行不行不行。」

一心想致謝的魔法師們與客氣推辭的蜥蜴不斷一來一回。

時間不多了，再繼續推拖下去，回家的時間可是會被

耽擱的。

看著大家，五想起稍早蜥蜴說過的夢想，他趕緊告訴大魔法師一蜥蜴想要見到水怪的事。

五心想，他和分隔兩地的哥哥們重逢如此喜悅，如果蜥蜴能和水怪見面，一定也會很高興的。

魔法師兄弟們對這個點子大表贊同：「太棒了！就這麼辦。」

一用力的揮動魔杖……

蜥蜴的背上長出了翅膀，變身成了魔法師！手上還變出魔法飛帚讓他握著。

蜥蜴嚇了一大跳，反覆確認自己的裝扮。

魔法師一說：

「去吧！」

魔法師們和變成魔法師的蜥蜴一起騎著飛帚，飛向星光閃耀的夜空。

第一次騎

飛帚的蜥蜴，怎麼飛也飛不好。
可是如果動作不快點，船帆會消失的。
於是，五和二就連忙一左一右的扶著蜥蜴飛。
時間已經不多了。
快點、快點！再飛快一點！
同一時間，不知道是誰叩叩叩叩的敲

著角落小夥伴的窗戶。
被吵醒的白熊，睡眼迷濛的打開窗戶，一看，原來是住在森林裡的貓頭鷹來找他們。
貓頭鷹用翅膀往上指了指。
怎麼了呢？
白熊順著貓頭鷹指的方向，抬頭往夜空看去……
那那……那不是魔法師和變成魔法師的蜥蜴正騎著飛帚，在夜空中飛翔嗎！
睡蟲完全嚇跑了，白熊急急忙忙

衝到床邊，叫醒大家。

貓、企鵝?、炸豬排和炸蝦尾，快醒醒啊！

接著白熊拿起雞毛撢子，啪！啪！啪！把在屋裡角落睡覺的飛塵，拍飛到窗外。

被拍飛的飛塵們，看到在夜空中騎飛帚的魔法師們，趕緊高飛，與五打招呼。

騎著飛帚急飛的五，驚訝的看著飛塵，這才發現地面上角落小夥伴們正一路追逐著魔法師們。

五示意蜥蜴請他放心，並立刻通知魔法師哥哥們。

魔法師一、二、三、四二話不說，馬上施展魔法……

白熊、企鵝?、炸豬排、貓、炸蝦尾全部都變身為魔法師！

角落小夥伴們騎上飛帚，輕飄飄的飄浮了起來，飛得東搖西晃、左搖右擺……他們努力跟在魔法師們身後飛翔追趕。

不大會飛的角落小夥伴們，飛得搖搖晃

晃，飛得很不穩，令人擔心會不會跌下去，看起來驚險萬分，但是總算都飛了起來。

可是，還是有一位飛沒多遠，就咻的一聲直接往下掉……

是貓！

還沒成功減肥的貓，看來還是太重了。

一根飛帚好像沒辦法完全支撐他的重量。

發現貓掉下去，角落小夥伴們慌

慌張張的飛到貓身邊，大家一起扶著貓，同心協力往天空飛去。

飛吧！

就這樣一起飛吧！

抵達角落湖，降落在湖邊，魔法師們接著揮動了他們的魔杖，往湖面施展魔法。

湖面興起一陣陣波紋，往湖的另一端召喚水怪。

但隨著波紋消逝了，水怪卻並沒有現身。

蜥蜴看起來有點失望，五也擔心了起來，深怕來不及在回去之前幫蜥蜴實現夢想。

這時魔法師們來到蜥蜴身邊，將蜥蜴及五圍起來，再一次集中精神，齊心揮動魔杖。

魔杖放射出光束在夜空中集結，化成無數顆星光組成大大的水怪！

就在蜥蜴和五眼前，湖面上再次出現一次波紋，一路往遠端擴散。過了一會兒，在波紋盡頭，出現了一個慢慢靠近的大大身影。

「！」

湖的前方出現的是水怪！

看著水怪慢慢愈游愈近、愈靠愈近，蜥蜴熱淚盈眶。迫不及待

的奔向前迎接。

水怪游到湖邊，伸長了脖子，靠向蜥蜴。

蜥蜴感受到重逢的喜悅，感受到水怪一次又一次，不停溫柔的撫摸自己的頭。

就這樣，蜥蜴和水怪終於又再次重逢了。

水怪上了陸地，捲起大大的身軀環抱住蜥蜴，兩人緊緊依偎著。

這是久違的，屬於兩人的幸福時光。

看著這幅情景的魔法師們非常高興，他們聽著大魔法師一的指令，一起施展魔法。

閃亮的魔法光芒在水怪背上畫了一個圓……水怪的背上長出了一對翅膀。

水怪拍動翅膀飄浮起來，飛向高空！

蜥蜴急忙揮動背上翅膀追趕著水怪。

星空下，專屬於蜥蜴和

水怪的雙人漫遊。

蜥蜴非常開心的在水怪身邊飛來飛去，看著水怪，露出滿臉笑容。

終於可以對著他最愛的母親喊出聲：「媽媽。」

此時，終於來到湖邊的角落小夥伴們，吃驚的看著夜空中一起飛翔的蜥蜴和水怪！

角落小夥伴急忙往兩人飛去。

看到貓因為太重的飛行障礙，大魔法師一對貓施展加強飛行魔法，

讓貓能夠不需要角落小夥伴們的扶助就可以自在飛行。

於是，這天的夜空中，出現一幅很奇特的歡樂景象，是角落小夥伴們和水怪開心一起玩的情景。

角落小夥伴們，一個接著一個，白熊、企鵝？、炸豬排，以及被炸豬排抱著的炸蝦尾、貓，跟在最後面的是蜥蜴，他們順著水怪的長長

的脖子，開心從上面溜滑梯似的溜下來。

蜥蜴溜下脖子後，緊緊貼靠在水怪的背上。

沉醉在久違的母親溫暖懷抱中，感到好溫暖，好想念，也好開心。

水怪也溫柔的看著他。

但是時間不多了，夜空中的飛船船帆的魔法光芒快要消失了，魔法師們必須趕在所剩無幾的時間內，回到魔法世界。

角落小夥伴們與水怪，從天空降落回到湖邊，一碰觸到地面，魔法隨之消失，翅膀與魔法帽也全部都消失了。

分離的時刻到了。

回到湖裡的水怪，對蜥蜴溫柔的笑著道別，慢慢從湖邊游向湖心。

不想與母親分離的蜥蜴，凝望母親的背影，直到最後的最後。

相見時，無比歡喜，但是愈是開心，分離時就更加難過。

水怪離去後，蜥蜴向五說聲：「謝謝！」感激之情溢於言表。

只是，和水怪見面的時間，實在是太短了。蜥蜴還是想要永遠永遠和母親在一起……

五懂蜥蜴在想什麼，他沒辦法讓他們永遠在一起，感到很抱歉，不

知道應該用什麼表情面對蜥蜴，不知道該怎麼安慰他。

這時卻聽見蜥蜴說：

「希望還能再次相遇。那是我的夢想。」

五想了又想這句話的意思。

夢想不是只達成一次就結束了。

繼續許願，就能繼續追尋夢想。有夢就能繼續努力前進，直到有一天夢想成真，一定會很開心的。

五想了一會兒，取下自己魔法帽上的星星遞給蜥蜴。

蜥蜴笑笑的伸手接過星星。

五緊緊擁抱蜥蜴。

他想藉著這個擁抱告訴蜥蜴，在這段時間他有多感謝他。

五非常感謝蜥蜴在這個他什麼都不懂、什麼都很陌生的角落小夥伴的世界，總是陪伴在他身邊。

蜥蜴也抱緊五，謝謝他，替自己圓了一個夢想。

五接著對其他角落小夥伴深深的一鞠躬，充滿了感謝的說：「謝謝大家。」

能在這個世界度過快樂的每一

天，都是託了角落小夥伴的福，有他們的陪伴，真好！

角落小夥伴也以行禮代替一聲「珍重」。五騎上飛帚，朝著湖邊的角落小夥伴們，大大的揮了揮手，才轉身和魔法師哥哥們飛向飛船。

角落小夥伴們也面帶微笑向他揮舞著手道別。

魔法師們搭乘的發光船，朝月亮前進。在大家視野慢慢的變小，直到消失為止。

送走了魔法師們，平靜下來的角落小夥伴們，回到寂靜的湖邊，貓的臉色突然大變。

原來他這時

才意識到，在這大半夜裡，回家的電車還沒開始行駛。

其他角落小夥伴們，經由貓這麼提醒，也心頭一驚！

這可怎麼辦才好？

這時，先前和他們一起露營烤肉的新朋友水獺出現了！

幸好有水獺熱情邀請角落小夥伴們到他的帳篷住一晚。

……

大家終於可以安心了。

回到魔法師世界，小小魔法師五剛跳下飛船，就迫不及待拿出魔法書練習魔法，十分專注努力揮動魔杖。魔杖發出了閃亮的光芒，但魔法似乎還是無法順利施展。

魔法師哥哥們從沒看過這麼認真練習魔法的五，他們興匆匆來到小小魔法師五的身邊。

感受到哥哥們的關注，小小魔法師五鄭重向他們宣布：

「我要成為很厲害的魔法師！」

小小魔法師五找到自己的夢想。

他慎重的宣示般的在魔法書上寫下「新魔法　夢想」

夢想，猶如天上閃耀的星星，只要一抬頭就可以看到光亮，有了這樣閃亮亮的目標，讓人興起了無限希望，也跟著有了朝氣和勇氣，能夠持續努力。

抬頭仰望星星的小小魔法師五，心兒怦怦跳，因為找到夢想，有了追求目標，他的眼睛充滿期盼的閃耀著光芒。

水獺的帳篷旁，角落小夥伴們靠在一起睡著了。

蜥蜴手中拿著五送給他的那顆星星，星星正在閃閃發光。

夜空中，也有許多真正的星星正在閃閃發光，每一顆星星彷彿都代表著一個又一個人們心中的夢想。

大家的夢想，一定也和這廣闊的天空連結著呢。

—後記—

大家的夢想

角落小夥伴居住的森林，已經覆蓋上一層厚厚的白雪。寒冷的冬天來臨了。

蜥蜴從百寶箱裡拿出魔法師五送給他的星星，小心翼翼的放進袋子裡，然後戴上帽子，圍上圍巾，準備出門前往角落小屋。

途中遇到了偽蝸牛，兩人結伴同行。

他們抵達角

落小屋時，屋裡的角落小夥伴們正忙著準備聖誕派對。

炸豬排與企鵝？齊心協力加工著紙環吊飾。

炸蝦尾和粉圓正要開始動手布置聖誕樹。

另一邊其他角落小夥伴則在忙碌張羅吃的，白熊和貓正在做飯糰，而蜥蜴和幽靈一起負責做三明治。

大家都很興奮、開心的準備迎接聖誕派對。

大家忙得差不多了，聖誕樹也裝飾得很美。

但好像缺了點什麼。

這時，蜥蜴從袋子拿出那顆魔法帽的星星，交到了飛塵的手中。

飛塵拿著星星，飛向裝飾得很美麗的聖誕樹，將星星放在樹頂。

聖誕樹的布置，大功告成了！

看著在頂端閃耀的星星，蜥蜴露出滿意的笑容。

其他角落小夥伴們也抬頭仰望那顆星星，大家都記得那段神奇的夢想之旅——魔法師、魔法派對、夢

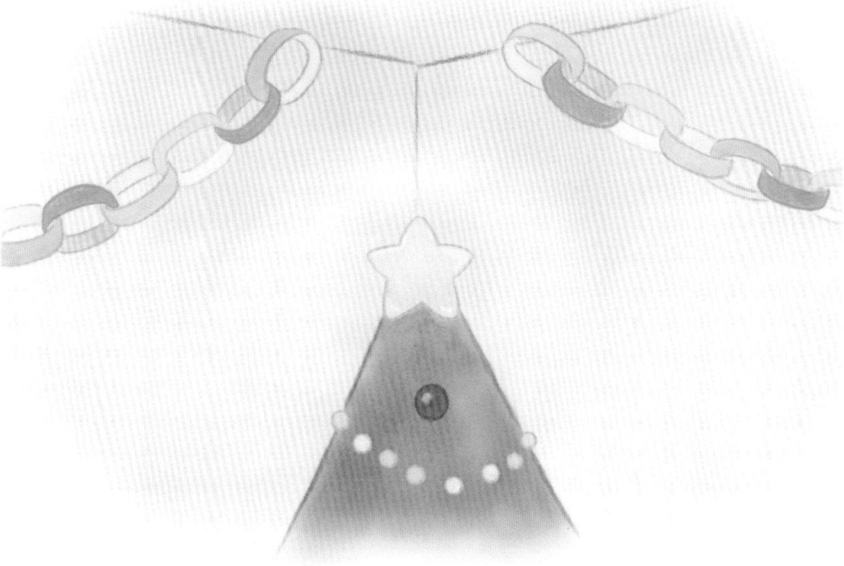

想的失落、尋找和實現。

那是一顆寄託著每個人夢想的美麗星星。

此時此刻，在魔法世界的小小魔法師五，一定也跟他們一樣為自己的夢想而努力著。

「希望能再相見」

夢想的星星，正在聖誕樹頂端閃閃發亮著。

（終）

電影版 角落小夥伴™

藍色月夜的魔法之子

紙上電影書

Movie Staff

〔原作〕San-X
〔作者〕橫溝由里
〔導演〕大森貴宏
〔編劇〕吉田玲子
〔美術監督〕日野香諸里
〔動畫製作〕Fanworks

Book Staff

〔本文〕今里晴
〔設計〕裝訂／渡邊有香(primary inc.)；本文／石江延勝　鈴木貴文(I・C・E)
〔編集協力〕橫溝由里　白麻糬　加瀨澤香月　富田里奈　大竹裕治
坂本悠　沖津純平　濱田美奈惠(San-X株式會社)
〔校對〕株式會社文字工房燦光
〔編集〕上元泉

「電影版 角落小夥伴藍色月夜的魔法之子」
官網　http://sumikkogurashi-movie.com/

©2021 Sumikkogurashi Film Partners　©2021 San-X Co., Ltd. All Rights Reserved.

〔總編輯〕賈俊國
〔副總編輯〕蘇士尹
〔編輯〕高懿萩
〔行銷企畫〕張莉滎・黃欣・蕭羽猜
〔翻譯〕高雅溎

發行人　何飛鵬
法律顧問　元禾法律事務所 王子文律師
出版　布克文化出版事業部　台北市南港區昆陽街 16 號 4 樓
電話：02-2500-7008 傳真：02-2502-7676 E-mail：sbooker.service@cite.com.tw
發行　英屬蓋曼群島商家庭傳媒股份有限公司城邦分公司
台北市南港區昆陽街 16 號 8 樓
書虫客服服務專線：02-25007718；25007719　24 小時傳真專線：02-25001990；25001991
劃撥帳號：19863813；戶名：書虫股份有限公司　讀者服務信箱：service@readingclub.com.tw
香港發行所　城邦（香港）出版集團有限公司　香港灣仔駱克道 193 號東超商業中心 1 樓
電話：+852-2508-6231　傳真：+852-2578-9337　E-mail：hkcite@biznetvigator.com
馬新發行所　城邦（馬新）出版集團
Cite (M) Sdn. Bhd. 41, Jalan Radin Anum, Bandar Baru Sri Petaling, 57000 Kuala Lumpur, Malaysia
電話：+603-9057-8822　傳真：+603-9057-6622
印刷　卡樂彩色製版印刷有限公司
初版　2022 年 8 月
初版29刷　2024 年 7 月
售價　300 元
ISBN 9786267126080
EISBN 9786267126073(EPUB)

© 本著作之全球中文版（繁體字版）為布克文化版權所有・翻印必究

EIGA SUMIKKOGURASHI AOITSUKIYO NO MAHO NO KO STORY BOOK
Supervised by San-X Co., Ltd. Edited by Shufu To Seikatsu Sha Co., Ltd.

©2021 San-X Co., Ltd.©2021sumikkogurashi film partners
All Rights Reserved.

First published in Japan in 2021 by Shufu To Seikatsu Sha Co., Ltd.
Complex Chinese Character translation rights reserved by Sbooker Publications, a division of Cite Publishing Ltd.
under the license from Shufu To Seikatsu Sha Co., Ltd. through Haii AS International Co., Ltd.

城邦讀書花園　布克文化
www.cite.com.tw　WWW.SBOOKER.COM.TW